ne pas mentionner

sneha

Ukiyoto Publishing

Tous les droits d'édition mondiaux sont détenus par

Éditions Ukiyoto Publié en 2023

Contenu Copyright © Sneha

ISBN 9789360167516

Tous droits réservés.

Aucune partie de cette publication ne peut être reproduite, transmise ou stockée dans un système de recherche, sous quelque forme que ce soit, par quelque moyen que ce soit, électronique, mécanique, photocopie, enregistrement ou autre, sans l'autorisation préalable de l'éditeur.
Les droits moraux de l'auteur ont été revendiqués.
Ceci est une œuvre de fiction. Les noms, les personnages, les entreprises, les lieux, les événements, les localités et les incidents sont soit le produit de l'imagination de l'auteur, soit utilisés de manière fictive. Toute ressemblance avec des personnes réelles, vivantes ou décédées, ou des événements réels est purement fortuite.
Ce livre est vendu sous réserve de la condition qu'il ne puisse être prêté, revendu, loué ou autrement distribué, sans le consentement préalable de l'éditeur, sous une forme de reliure ou une couverture autre que celle dans laquelle il est publié.

La poésie n'est possible qu'avec des personnes qui vous aiment ou vous blessent et je remercie les deux.

introduction

Je pensais que la saleté sousles ongles était normale,
a écouté tous les problèmes, puis a pris le problème à bras-le-corps
mangé des cannes à sucre dans les champs, Les bénédictions étaient les seuls boucliers.
J'ai rapidement prédit ce qui se passerait dans l'histoire de ma grand-mère.
Je l'ai toujours fait, mais je n'ai jamais voulu me plier à la culture patriarcale et à sa gloire.

aller à l'école à pied et rentrer à la maison à pied était une routine.
ne rien faire était le hobby, les discussions inutiles avec les amis au bord de la rivière ajoutaient le bling bling

J'ai fait une maquette de ma future maison à partir des sables,
quand il n'y avait rien pour jouer, je fabriquais des jouets en papier et en argile avec mes mains

J'avais l'habitude de m'endormir à 20 heures, J'avais l'habitude de regarder les serpents et les lézards avec curiosité,
et je suis de plus en plus curieux de savoir si son venin peut nous tuer.

avait l'habitude de se réveiller avant le lever du soleil,
pensait qu'en parlant plus, on devenait plus sage

jouaient sans jouets, a ri sans raison,
célébrée sans aucune occasion,
se sentait comme une princesse sans manoir, a grandi sans avoir besoin d'attention.

mention not, est l'expression passionnée de mon parcours. c'est un recueil des défis et des limites que j'ai rencontrés, des rêves et des moments que j'ai chéris de l'enfance à la survie. étant née dans une région rurale, où la santé et l'éducation sont un rêve pour la plupart, j'avais l'habitude de me demander pourquoi il est si difficile de vivre et pourquoi il y a tant de défis auxquels nous devons faire face chaque jour. pourquoi la vie ne peut-elle pas être plus facile, voire pleinement favorable pour nous ? j'ai vécu mes jours et mes nuits entourée de ces "pourquoi" ; certains ont trouvé une réponse, et certains résident encore en moi.

Cette anthologie parle du monde que je vois, des gens qui m'entourent, des autres femmes et de leurs expériences, de mes relations, de ma famille et de son impact sur ma vie, ainsi que du monde dans lequel j'aurais aimé vivre, du type d'environnement, de relations et de soutien dont je rêve.

Ce recueil n'a pas pour but de ridiculiser ou d'exploiter qui que ce soit, mais d'atteindre quelqu'un qui lutte pour faire des choix afin de faire face à ce que la vie lui réserve. Je sais que vous ne serez pas d'accord avec moi sur tout ; nous vivons tous dans des lieux, avec des personnes et des perceptions différents, et c'est une chose que j'apprécie.

contenu

1-13	1
14-27	52
28-40	107
à propos de l'auteur	176

1-13

2 ne pas mentionner

dans le parc, dans l'arrière-cour, à l'intérieur du puits, au sommet de la décharge ou au bord de la rivière. dans tant d'endroits inhabituels, on peut facilement sentir sa présence. l'herbe sur laquelle vous marchez, la fleur que vous tenez, la terre sur laquelle vous vous trouvez, sont aussi belles qu'elles le sont parce qu'elles ont été, un jour, fécondées par une âme pure comme la sienne. ses yeux n'ont jamais rien vu d'autre que le ventre aqueux. son nez n'a jamais respiré la sueur des aisselles maternelles. ses lèvres n'ont jamais eu l'occasion de parler. son corps, enveloppé dans divers morceaux de tissu, a eu la chance de sentir la chaleur de la première et de la dernière personne qui l'a tenu dans ses bras. enfouie pas si profondément dans le sol, comme tant d'autres, elle ne se sent pas seule ici.

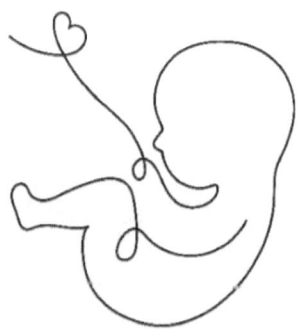

leurs créateurs étaient différents, la nourriture qu'ils mangeaient était différente, les lieux auxquels ils appartenaient étaient différents, les langues qu'ils parlaient étaient différentes, leurs voyages jusqu'à cet endroit étaient différents aussi, seul le destin partagé était le même. ils peuvent détruire son existence du monde mais pas de leurs esprits. elle sera toujours l'aînée de son frère, si ce n'est pas dans ce monde, dans leurs esprits, c'est sûr.

Son esprit déconcerté et son cœur perplexe ont souvent débattu de la question suivante : "Est-ce une sorte de mandat selon lequel une fille est un fardeau et n'a pas le droit de vivre ?" Si oui, alors comment ma mère a-t-elle pu s'échapper?ou la vie de ma mère n'est-elle qu'une faveur ? elle aimerait pouvoir décoder l'état d'esprit des personnes qui pensent qu'il est acceptable de tuer des nourrissons de sexe féminin. Que se passe-t-il dans leur esprit ? Qu'est-ce qui les pousse à franchir ce pas ? Pensent-ils même au-delà du sexe, ne serait-ce qu'une seconde ? Savent-ils seulement que le sexe du bébé est déterminé génétiquement, qu'il ne peut pas être choisi par vous ou moi ?

après de longues décennies d'attente, des lois sont adoptées pour encourager l'éducation des filles. elle espère que la peur d'enfreindre la loi glacera le sang de ceux qui lèvent facilement la main pour tuer des nourrissons de sexe féminin. elle prie dieu pour que cela se termine bientôt, et son dieu ne vit pas dans le temple en appréciant le son des cloches. son dieu ne se laisse pas impressionner par les discours religieux ; son dieu ne vit pas dans les versets écrits dans les livres saints. son dieu apprécie les sourires innocents des

enfants. son dieu vit dans le cœur des personnes qui illustrent l'amour par leurs actions. un jour, elle demandera à son dieu, pourquoi est-il si facile de décider du sort d'une vie en l'espace de quelques heures ?

toutes ces petites voix douces s'unissent à l'unisson et frapperont un jour les oreilles de dieu si fort qu'il sera obligé de décider. il devra choisir soit d'arrêter de créer des vies, soit d'arrêter de créer des genres.

de l'utérus à la tombe - son chemin de vie, non choisi par elle

wow, exactement ce qu'elle voulait, une grosse barre de chocolat,

comme ce monde est bienveillant, elle a tout de suite pensé

sans se rendre compte qu'elle va faire la une de l'actualité,

qui va assombrir les yeux de milliers de personnes...

Certains avaient deux ans, d'autres trois,

qui aurait cru que le chocolat était plus cher que la dignité ?

ça fait mal,

il saignait,

c'était douloureux,

criait-elle,

Elle aurait aimé pouvoir juger de ses intentions,

mais il était trop tard quand elle a commencé à douter

et il a continué à satisfaire son désir jusqu'à sa mort.

moins chers que les chocolats ?

ce harcèlement, dans son esprit, existe toujours, mais..,

elle craignait, si elle peut l'appeler, ce sexisme

il planifierait cent choses pour rencontrer

pour qu'il puisse toucher n'importe où, de la tête aux pieds

elle n'a connu ses intentions qu'après l'avoir rencontré une fois

à ce moment-là, la femme en elle avait perdu son innocence.

elle a décidé d'en parler à ses supérieurs

elle a été nommée super-sensible et on lui a demandé d'apprendre des autres

sa cupidité s'amplifie de jour en jour

maintenir l'éthique et les valeurs à distance

l'ignorer était la seule option possible

seulement en partie, entièrement, n'était pas possible

ces garçons n'étaient pas des violeurs.

ils peuvent être bons dans leur vie.

ils doivent se sentir puissants en obtenant d'elle tout ce qu'ils veulent.

Cela a dû leur faire plaisir qu'une fille plaide devant eux.

cela a dû nourrir leur ego, même s'ils n'étaient pas conscients de ce qu'est l'ego.

C'était sa première attention non désirée, mais pas la dernière.

Aujourd'hui encore, cela la hante jour et nuit, dans l'obscurité comme dans la clarté.

Aujourd'hui, lorsqu'elle conseille la jeune génération sur la manière dont les filles peuvent se protéger, elle le fait par peur et non par souci.

C'est la différence que font les traumatismes de l'enfance. Ils vivent avec vous. Certains jours, ils vous regardent de loin et vous rendent silencieux.

certains jours, il trouve des similitudes avec le présent et vous fait pleurer.

vous savez quevous nepouvez pasvous en sortir. vous essayez de trouver des moyens de vous cacher.

On dit qu'un non est un non.
mais,
un silence n'est pas un oui.

les traumatismes de l'enfance ne vous quittent jamais

un contact peut couper votre âme et la laisser saigner à jamais.

cette touche de l'instituteur sur votre épaule,

le contact d'un cousin dans votre dos lors d'une fête de famille,

ce contact sur les cuisses d'un inconnu au croisement d'une route

cetoucherdelapartd'unfrèrecommed'unvoisin,plus tard, il a expliqué que ce n'était pas intentionnel

tu laves tes blessures avec tes larmes,

vous essayez de découvrir une logique étrange dans le monde, et vous appliquez

et tu pleures, tu pleures, tu pleures

Oui, vous avez recousu votre âme et avancé dans la vie,

vous donnez une partie de votre amour à quelqu'un, et vous essayez même de lui donner la totalité,

Oui, vous vous asseyez et vous vous persuadez que tout le monde n'est pas pareil,

certains hommes sont sobres,

tu dis cela au miroir

mais ton cœur est effrayé,

de voir le sang couler à nouveau de ces coupures partout.

ce sentiment ne disparaît jamais

ilyacettepériode entrelemomentoùvousentrez dans l'âge adulte et celui où vous disparaissez.

tu es le plus sensible à ce stade de ta vie. quelque part, tu commences à chercher à l'extérieur de toi-même la confirmation que tu es capable, que tu es digne et que tu peux recevoir de l'amour.

Quelque part, vous invitez facilement la honte, la culpabilité et le point de vue des autres dans votre esprit.

la peur de la critique et de la solitude commence à vous changer, ce qui vous pousse à vivre la vie imaginée. vous avez tendance à adopter ce que les autres vous proposent parce que vous n'êtes pas sûr du type de vie que vous voulez.

vous commencez tranquillement à passer outre votre voix intérieure.

et il est trop tard lorsque vous savez que vous avez fait ce que vous n'auriez pas fait.

l'adolescence est plus qu'une fuite des hormones

pourquoi voulez-vous être belle ?

Parce que je m'aime, dit-elle

parce qu'elle aime que les garçons la taquinent", s'est écriée la société.

pourquoi voulez-vous étudier ?

Parce que je veux évoluer dans ma vie, dit-elle.

afin qu'elle puisse avoir une famille aisée pour son mariage", a expliqué la société.

pourquoi voulez-vous travailler ?

parce que je veux être financièrement indépendante", a-t-elle déclaré.

Elle doit quitter son emploi lorsqu'elle est mariée ; la société attend d'elle qu'elle l'accepte.

La société lui a donné un nouveau nom.

Je vis simplement avec l'homme que j'aime", a-t-elle répondu.

C'est ce qui arrive quand on n'est pas capable de rendre son mari heureux, a justifié la société.

Parce que j'ai dit non à l'amour charnel de mon mari", dit-elle avec des mots inaudibles.

les mots n'ont pas de dents, mais ils mordent

une gifle pour ne pas être capable de faire une tasse de thé parfaite.

une gifle pour avoir montré son intérêt pour les études.

une gifle pour avoir joué jusqu'au coucher du soleil.

une gifle pour avoir parlé à des garçons.

une gifle pour avoir demandé à son père de ne pas boire.

une gifle en cas d'échec à l'examen.

une gifle pour avoir demandé de l'argent pour acheter des serviettes hygiéniques.

une gifle pour ne pas avoir fait correctement les tâches ménagères.

une gifle pour avoir montré de l'intérêt pour le karaté.

une gifle pour ne pas avoir respecté son jeune frère...........

et la liste est encore longue................................

ps - ce n'était qu'une gifle à la fois, donc ce n'était pas un crime.

La gifle a un impact, non pas sur les joues désossées, mais sur l'esprit où elle a été mise à sac.

Elle regarde en arrière, impuissante ; pourquoi doit-elle affronter chaque jour des froncements de sourcils remplis de questions et de justifications sur sa couleur de peau ?

certains la maudiront d'être née sombre,

Certains lui crieront dessus parce qu'elle a croisé leur chemin,

certains la compareront à toutes les choses noires qui existent sur la planète terre

les gens ont gardé leurs bonnes choses à l'abri de son ombre

jamais invité, jamais voulu,

l'ont nourrie de la culpabilité qu'ils voulaient qu'elle suive toujours

elle essaie de traverser les années sombres ; tout en elle essaiedetrouverlabonne quantité demélanine quifera

taire les gens, en espérant qu'ils cesseront de la considérer comme malheureuse. elle ne sait pas quand le monde comprendra que le noir est la couleur de la peau, et non la situation.

le blanc n'a pas toujours raison
la justice n'est pas toujours belle

Naître brun n'était pas un choix

On ne peut pas dire que le rose est la couleur des filles et prôner l'égalité.

Jetez toutes vos erreurs et votre honte
elle serait toujours à l'extrémité de la réception

La responsabilité de son travail dans le fait que les enfants n'aillent pas à l'école et dans toutes les bêtises qu'ils transportent.
reprocher à sa beauté lorsqu'elle est jeune de ne pas pouvoir se marier

blâmer son âge lorsqu'elle est vieille pour ne pas être capable de s'entendre avec la nouvelle génération blâmer ses habitudes ; son corps ne peut pas fonctionner pleinement

reprocheràsesparentsde neluiavoirrienapprisd'utile
blâmer son incapacité à donner naissance à un garçon et rendre toute la famille honteuse

blâmer l'informateur, blâmer l'informateur, blâmer les jeunes, blâmer les vieux, personne n'aime nettoyer cette boue

Nous sommes tous passés maîtres dans l'art de rejeter la faute sur autrui,
c'est dans notre sang.

Pourquoi nous conformer à cette affirmation, alors qu'il n'y a pas de honte, de culture du blâme ?

24   ne pas mentionner

il y a tant de choses que nous voulons faire
soit par planification, soit par flux

par un morceau de tissu,
la honte n'est pas cachée
par un bol de lentilles,
la faim n'est pas montée

jouons à pile ou face
santé ou richesse ? aujourd'hui, que faire ?
tuer un désir pour en satisfaire un autre,
prendre un prêt pour en conclure un autre,

lutte contre la pénurie,
une nouvelle façon de faire, chaque jour

réflexions d'une famille de classe moyenne

sous le manguier,

vous vous asseyez dans un endroit calme

en tenant le panier vide

des larmes de joie illuminent ton visage

vous avez planté les graines sur la terrez

votre esprit est inondé de points d'interrogation

les prêts, l'eau, le soleil et la pluie,

Le programme sera-t-il complet cette année ou sera-t-il divisé en deux ?

ce que vous mangez, ce que vous cultivez

et tout l'argent gagné par ce magasin sain

ne pas mentionner

vous êtes agriculteur

tous les hommes ne rabaissent pas les femmes, ne les maltraitent pas et ne crient pas,

Certains hommes s'intéressent et aiment profondément les femmes et les considèrent comme des joyaux.

toutes les femmes ne sont pas douces et aimantes,

il y a des femmes qui conspirent

la haine, la violence et la jalousie n'ont pas de sexe

Le monde n'est pas en train de combattre les femmes contre les hommes, c'est la bataille entre le bien et le mal.

ne pas mentionner

la violence n'a pas de sexe

nous avions l'habitude de nous battre lorsque nous étions enfants.

nous nous sommes battus avec des mots quand nous étions plus jeunes.

Nous avons maintenant découvert une arme plus mortelle.

pensées manipulatrices

comment vous riez

combien vous souhaitez

pour avoir été une fille mais pas une bonne fille

comment vous vous coiffez

comment pensez-vous et parlez-vous ?

combien de temps vous reposez-vous et marchez-vous ?

comment tu aimes et comment tu n'aimes pas

quelle est votre couleur de peau

quels sont vos talents

et la profondeur de vos cicatrices.

Il n'est pas nécessaire de s'excuser d'être soi-même

ne volez pas lorsque vos ailes sont brisées,
patch - up them

n'aime pas quand ton cœur est douloureux,
le guérir d'abord

n'attendez pas le bonheur quand votre âme est brisée,
passer à autre chose et redémarrer

ne pas juger les gens simplement en les voyant,
connaître d'abord leur combat

n'attendez pas de fleurs de la vie
arroser le sol et enlever la poussière.

ne blâmez pas la vie pour ce que vous faites

si vous pensez que l'éducation ne peut se faire qu'au sein de l'institution, regardez autour de vous.

si tu penses que tu peux être blessé uniquement par la façon dont les gens te traitent, écoute à nouveau ton moi intérieur.

si vous pensez que votre savoir ne vient que des livres, revivez.

le meilleur professeur est le présent

Faites ce que vous pouvez aujourd'hui au lieu
d'attendre un lendemain parfait. n'oubliez pas que
demain n'est promis à personne.

n'attendez pas que les rayons du soleil se lèvent.
parfois, vous pouvez sourire en voyant les diamants
sur l'herbe.

N'attendez pas d'être en forme, d'avoir assez d'argent
entrelesmains,d'élargirvotrecercle d'amis,d'avoirune
plus grande maison ; profitez de ce que vous avez
maintenant, juste parce que vous le pouvez.

Ne vous dites pas que le passé aurait pu être meilleur,
que demain aurait mal tourné, que le présent devrait
être comme ceci ou comme cela. embrassez la beauté

de la vie, toute la vie, parce que la vie vous est
donnée, et que vous le pouvez.
dans la course à ce que l'on veut, on a tendance à
oublier ce que l'on peut.

Aujourd'hui, faites ce que vous pouvez.

**un petit pas aujourd'hui peut être un
grand pas demain**

tout savoir,

ne rien comprendre

Notre propre culture est insensée,

être toujours préoccupé par la prise de poids

s'asseoir et regarder comment la nation se divise

les élections sont un changement de marque des mensonges

pense être le meilleur, déteste les autres

dépenser plus, acheter moins

Le fait de se sentir vraiment proche de quelqu'un n'est qu'un concept,

l'amour n'a été vrai que lorsque la bigoterie a éclaté

Les "hashtags" sont devenus obligatoires,

Comment créer un message viral ? c'est simple, il suffit d'écrire quelque chose de désobligeant.

ressembler à leur célébrité préférée n'était qu'un rêve auparavant ; c'est devenu un besoin.

quelqu'un à blâmer pour le mal, et la religion vient en premier sur la liste.

pour voir le monde d'hier...

l'ancienne génération doit éclairer la nouvelle

les goûts des légumes,

la paix des tables,

marché fermier local à partir des rues,

a divisé la vie en kits

le respect du travail,

réunions de voies,

nutrition à partir de cannes

se réveiller pour s'imprégner de la lumière du soleil

le gazouillis des oiseaux est un délice

danse dans les douches

caresse des fleurs

qui attendent la réponse de la lettre manuscrite,

en quittant la maison avec le où et le pourquoi

l'industrialisation nous a fait perdre beaucoup de choses

puisque nous n'avons jamais été aidés sans recevoir quelque chose en retour

puisque nous n'avons jamais été aimés sans raison

puisque nous n'avons jamais été vus gentils sans aucun but

car nous ne nous sommes jamais sentis en paix en l'absence d'agitation.

nous cherchons constamment le pourquoi de chaque action

nous avons oublié que le soutien peut être un soutien

Le sentiment d'accomplissement peut être sans rapport

un sourire peut être un sourire

La bienveillance peut être reçue sans attendre.

l'analyse excessive tue l'essence

lorsque quelqu'un est impoli avec vous,
et vous y répondez,
l'impolitesse encombre votre cœur,
et il se vide lorsque quelqu'un est plus gentil avec vous
de la même manière que vous étiez plus amical au départ

y répondre par un sourire,
et ne fronce pas les sourcils
transformer cette morosité en amour
et d'inverser le cercle vicieux de l'impolitesse.

rudeness is the seed of hate

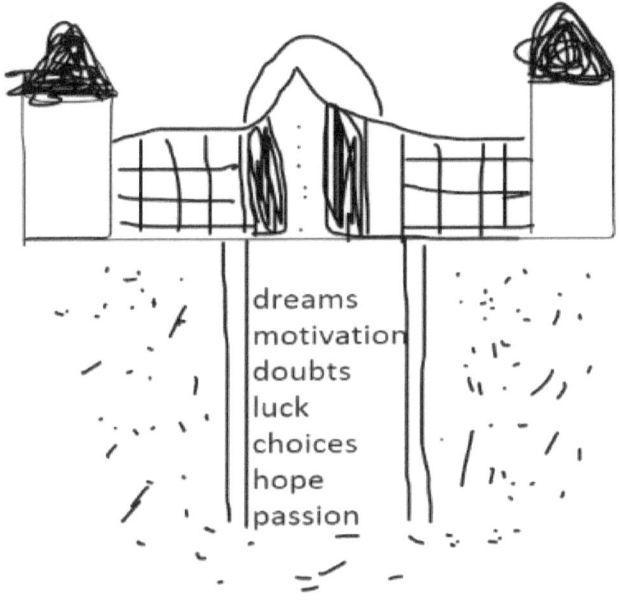

ne laissez pas la peur de l'échec vous rendre aveugle à la possibilité de réussir
laissez votre bonheur de voir votre rêve se réaliser vous guider vers l'avenir

ne vous laissez pas enfermer dans votre zone de confort
tu te pousses à te prouver à toi-même
ne vous laissez pas démotiver par les difficultés
se soucier de toi, oser et te rester fidèle

ne pas mentionner

vous n'êtes peut-être pas là où vous voulez être, mais vous êtes quelque part
ne laissez pas votre ego prendre le pas sur votre gentillesse
ne laissez pas votre gentillesse devenir votre faiblesse

parce que ...

road to your dream is beautifully terrible

l'enfant qui est en nous doit être protégé pendant plusieurs décennies ; ensuite, cet enfant joue avec nos enfants.
mais si l'enfant qui est en nous meurt sur le chemin de la vie, alors une partie de l'innocence de nos enfants, qui provient de l'enfant qui est en nous, meurt également.
la tristesse des choses perdues qui persiste dans l'esprit plus que le bonheur d'y être parvenu.

protéger l'enfant qui est en vous

rester motivé en permanence

être toujours heureux

la poursuite des rêves 365 jours

un mode de vie parfait.

ces mensonges ressemblaient à la vérité

parce qu'elle ne pleurait pas devant eux, ils pensaient qu'elle n'était jamais triste

parce qu'elle était sûre d'elle, ils pensent qu'elle n'avait pas besoin de soutien.

parce qu'elle pouvait prendre sa propre décision, ils pensaient qu'elle n'avait plus besoin de compassion.

Ils l'ont toujours regardée en disant qu'elle pouvait se débrouiller seule.

Ce qu'ils n'ont pas compris, c'est qu'elle s'est rendue ainsi jour après jour et émotion après émotion, parce qu'elle n'a jamais reçu le soutien et l'attention qu'elle attendait.

tous ont vu comment elle leur apparaissait,

personne n'a su qui elle était.

la compassion est une nécessité

La force ne consiste pas à rabaisser quelqu'un,

votre force est de vivre selon vos valeurs et votre éthique, même lorsque quelqu'un vous rabaisse.

être indépendant, c'est ne pas avoir de revenus réguliers,

être indépendant, c'est être capable de naviguer à travers les difficultés de la vie, d'assumer ses décisions et de décider de la direction que l'on veut prendre dans la vie.

s'accepter soi-même ne signifie pas faire des compromis et s'installer,

toutes les parties de toi sont acceptables, les parties belles et les parties rejetées doivent retourner à la totalité. accepte tes défauts, travaille dessus, améliore-toi avec grâce, et vois comment ta vie s'épanouit.

Continuez, continuez à marcher sur le chemin de votre vie, non pas parce que personne ne peut vous arrêter, mais parce que vous avez confiance en votre moi intérieur, vous continuerez malgré tout.

ne pas construire de murs, mais des valeurs fortes pour se protéger

ne les traitez pas comme ils vous ont traité

ne les découragez pas s'ils vous découragent

vous rendez le bon au mauvais

tu donnes le sourire à ceux qui sont tristes

vous vous épanouissez au-dessus des racines "tit for tat".

tu grandis et tu fais mieux avec eux que ce qu'ils ont fait avec toi

des voix s'élèveront pour prouver que vous avez tort

mais vous appuyez sur la sourdine.

inspirez vos ennemis

tu es né avec un cœur tendre et une volonté forte.

vous contrôlez votre amour de soi et votre doute de soi.

vos pensées ne sont pas toujours justes.

vous êtes comme n'importe quel autre être humain que vous rencontrez ; n'appliquez pas les mathématiques du "mieux que" ou du "moins que".

Les fleurs ne cherchent jamais leur parfum à l'extérieur ; la rivière n'a jamais soif d'eau. soyez fiers de ce que vous avez.

Ne jamais penser que la lenteur n'est pas un progrès

ne jamais penser que le changement ne peut pas être modifié

les autres n'ont jamais été la source de votre bonheur

vos erreurs ne vous ont jamais défini ; c'est votre attitude qui le fait

ne jamais cesser de croître

ne jamais mépriser ceux qui ne sont pas aussi compétitifs que vous

ne vous sentez jamais offensé par ce que les autres pensent de vous ; c'est leur problème, pas le vôtre.

votre beauté est aussi unique que vous.

tu es né pour briller, pour vivre, pour aimer.

tu es né sans souci, ne meurs pas avec.

your beauty is as unique as you.

you were born to shine, to live, to love.

you were born without worry, do not die with it.

le contentement est essentiel au bonheur

14-27

Je veux te porter comme une peau,
Je veux te toucher comme l'air,

Je sens qu'une partie de toi réside en moi,
Je vois ton image dans tout ce qui m'entoure.

Je vois tout deux fois, de mon point de vue et de la façon dont vous le verriez.
Je pense que je deviendrai plus toi que je ne le suis si nous continuons à être ensemble. J'aime la façon dont tu m'aimes, et je veux que personne ne le fasse à personne. il ne devrait y avoir qu'un seul amour de ce genre dans ce monde.

et c'est mon seul,

souhait, rêve, prière et attente

laisse-moi ouvrir les portes de mes sentiments
Laissez marcher votre amour,
arracher ma peur la plus profonde qui se cache dans mon sang et la jeter hors du monde

je t'invite à vivre dans ma vie
que les cœurs tremblent,
comme s'il allait s'effondrer,

sourions à nos cœurs fragiles,
flotter sur ces émotions
en essayant de tout absorber,
et se retrouvent mélangés.

ferez-vous partie de my world ?

L'odeur de café des gobelets en papier vides, les lumières crues de la salle de conférence, tant de têtes qui parlent, tant de décisions qui se prennent, mais je suis coincé avec un sourire sur le visage parce que je suis ailleurs dans mon esprit avec toi.

J'aime encore plus quand il s'agit de mots que tu n'as jamais prononcés et que je continue à entendre dans mon esprit.

J'ai aimé le temps que tu as pris pour dire "je t'aime" plus que d'entendre ton "je t'aime".

J'ai plus aimé quand tu as dit "j'écris un poème pour toi" que quand tu l'as lu.

J'ai plus apprécié l'attente lorsque vous avez dit "nous nous rencontrerons bientôt" que le fait de vous rencontrer.

J'admire vos efforts pour faire les choses plus que le travail lui-même.

Le monde peut me traiter de bizarre, mais c'est ma façon de vivre avec toi à chaque instant.

J'ai vécu avec toi les moments où tu étais avec moi et ceux où tu n'étais pas avec moi.

il y a de l'amour dans l'attente

quand tu as été infecté par mon clin d'œil.
quand tu as embrassé toute mon existence,
nous laissons parler notre peau.

quand ma peau t'a embrassé sans ta permission
quand ton souffle caressait la paroi de mon cou.

et tu as perdu la bataille entre ton doigt et mes cheveux
emmêlés au profit de mon sourire.

lorsque vous avez posé les yeux sur moi, ils ont approuvé de me tirer de l'épave et de tirer l'épave de moi.

Je suis allée au paradis et je suis revenue en un souffle quand ton doigt a glissé sur mon dos, et j'ai eu l'impression que des centaines de glaçons dansaient joie.

Tout le monde dit que tu es belle, mais quand tu l'as dit, je l'ai cru.

c'est alors que nos âmes se sont rencontrées that's when our souls met

sur votre sourire,

entre les pages de votre carnet,

sur la table où tu gardes ton ordinateur portable, ton stylo, ta tasse à café et mes souvenirs,

au milieu des scintillements de ces lumières de fées que vous regardez assis seul.

mes nouvelles adresses

Je suis là pour toi" quand tu as dit "Je t'aime".

J'ai déjà vécu ma vie ; le reste de la vie n'est qu'un passage de l'âge" à ce moment précis où tu as dit : "Je veux passer le reste de ma vie avec toi".

Le temps, le souffle, le monde, que tout s'arrête et que je le ressente", quand tu as dit "tu me manques".

un nouvel éclat sur mon visage lorsque tes doigts ont rampé sur mon visage.

Je ne connais pas le monde en dehors de ça", quand tes "bras m'ont entouré"

J'ai apprisà compter les nanosecondes", quand tu asdit "je reviendrai".

mes interprétations de ce que vous dites

Quand nous n'étions pas proches, j'aurais aimé que nous nous aimions.

et que nous nous sommes rapprochés et aimés, je craignais que nous nous séparions.

Quand ton amour essaie de guérir mes blessures, il saigne d'abord ; je suis tellement habituée à vivre avec mes blessures que je me sens tout à fait normale si j'en ai une autre en plus, mais quand tu essaies de la guérir, je ne sais pas du tout comment y répondre.

Quand je sais que tu es à moi, plus que le bonheur de l'obtenir, c'est le chagrin de te perdre qui commence à me faire mal.

Parce que personne ne s'est autant soucié de moi, je ne sais pas comment réagir lorsque vous le faites.

Je ne sais pas de qui vient l'erreur de ne pas pouvoir accepter le fait que tu m'aimes, c'est moi ou c'est toi ?

bizarre et réel à la fois !

Parfois, je veux t'entendre, alors je me perds dans tes mots.
Parfois, je veux être avec toi pour me déconnecter du monde.
Parfois, j'ai besoin de ta présence dans ma vie pour me retrouver.

Toute ma vie, j'ai lutté pour trouver mon identité

Les premières années, je n'arrivais pas à comprendre comment m'expliquer à ce monde et, par la suite, je n'ai pas trouvé d'intérêt à le faire.

Mais tu es entré dans ma vie comme un pont. Je me retrouver et essayer de connaître le monde avec toi.

On dit que l'amour rend plus fort, mais je veux me fondre dans mon originalité et je ne veux pas prendre de forme, de voix ou de couleur et je veux juste aller avec ma façon de faire.

la vie coule en moi.

Dans cet état, je veux jouir de ta présence, de ton souffle qui coule en moi,

ton contact me couvre entièrement.

vos pensées m'aident à ne pas m'effondrer.

ton amour me maintient en vie toujours et maintenant.

ta présence décore mon présent

Je suis ce sable étendu sur le rivage, et tu es comme cet océan où je vois ma maison. pendant que je rassemble mon courage,

tout en nous imaginant ensemble dans ce nouveau lieu,

Je vous demande de continuer à m'envoyer des vagues d'amour, qui peuvent m'emporter petit à petit,

à vous,

à mon domicile.

le mal du pays à jamais

la façon dont tu me donnes ton temps comme si c'était le mien.

La façon dont tu m'as sorti de mes moments les plus sombres comme si c'était la seule lueur d'espoir que j'attendais pour briller.

la façon dont tu me rends heureux, ce n'est pas seulement les mots que tu dis, ton amour est au plus profond de toi.

Tu m'as montré que les mains peuvent être tendres. La façon dont tu me tiens la main dans ce voyage de la vie, comme si ce n'était pas toi, mais la vie tant désirée qui marchait avec moi.

si je t'aime, je m'aime

chaque fois que je ferme les yeux,

vous êtes toujours là,

tes cheveux, ton sourire,

tes yeux bruns,

vos discours, certains sont si méchants

quand je dors la nuit,

m'enveloppent d'un profond sommeil,

te voilà de nouveau avec moi,

comme un film, je le passe en boucle

Je vois ton visage dans les étrangers,

entendre votre voix dans chaque chanson,

alors, interrogez-moi,

pourquoi es-tu parti si longtemps ?

ne pas mentionner

J'ai peur de ce vide

parce que nous sommes loin, cet appel, ces messages, ces petits moments de complicité comptent tellement pour nous.

Je tiens à remercier cette distance pour avoir rendu les petits moments plus importants entre nous.

Si nous avions vécu à proximité ou ensemble, j'aurais perdu l'envie de te connaître davantage et j'aurais peut-être perdu l'intérêt d'être avec toi. cette distance maintient peut-être cette relation en vie.

merci, chère distance

vous ne pouvez pas retourner à la vie quotidienne comme si rien ne s'était passé et, après quelques jours, refaire la même erreur. s'il vous plaît, ne vous persuadez pas qu'un jour vous serez capable de me convaincre, et que je commencerai à vous parler comme je l'ai fait.

Je n'ajuste plus mes émotions à vos opinions. Ce n'est pas une dispute, un jour ou un mot qui m'a éloignée, mais l'accumulation des souvenirs de ces nombreux jours.

oui, j'étais de tout cœur avec toi. mais si je ne te parle pas, c'est que je suis passé à quelque chose de mieux que toi, non pas que je m'ennuie de toi.

il est impossible de recoller les ailes une fois qu'elles sont cassées

Les relations toxiques sont un tel piège qu'il faut une force immense pour s'en sortir.

vous savez que la façon dont vous êtes compris n'est pas correcte, mais vous ne savez pas comment l'expliquer.

même si vous l'expliquez, vous ne savez pas si les gens l'écouteront.

vous savez que ces personnes vous auraient compris, même sans vos explications.

même si vous vous changez pour eux, ils ne seront pas heureux.

vous savez, vous êtes piégé dans un endroit où vous vous reprochez d'en faire partie et d'être incapable de le briser.

relation toxique = poison lent

J'ai fait l'expérience du gain et de la perte en même temps.
Je t'ai invité dans mon cœur et je t'ai permis d'y rester.
tu m'as montré à quoi ressemble l'amour,

et
tu m'as montré ce à quoi l'amour ne ressemble pas.
mon désir d'être à toi plus que je n'ai jamais voulu être à moi ne sera jamais comblé.

Une nouvelle ex dans ta vie, c'est tout ce que je serai jamais.
Ce n'est qu'après t'avoir connu que j'ai compris que tu étais sur la voie de quelque chose de bien plus beau.

Je laisse mes regrets me consumer

comme des rayons de soleil qui poignardent tes yeux, ettuasdumal àouvrir,commeilétaitdifficile decroire quand tu m'as trahie.

De la même manière que nous ajustons notre position et attendons que le soleil devienne sobre, de la même manière je me suis modifié et j'ai attendu de voir si ton amour reviendrait.

tout comme le soleil n'a pas changé, et enfin, tu te déplaces de cet endroit, de la même manière que je me suis déplacé du nous au moi.

plus je m'adapte, plus j'ai mal

lorsque vous savez que rompre cette relation est la seule solution, mais la vraie douleur est lorsque vous essayez de tout faire pour la sauver.

lorsque vous n'évitez pas les disputes, les mauvais comportements ou les pleurs, vous avez peur d'affronter le silence parce que vous savez que rien ne vaut la peine de se battre.

la vraie douleur est de voir le chagrin grandir chaque jour entre vous et la personne que vous aimez ; le désespoir grandit dans les nuits où vous vous tournez le doset continuez àvouséviter jusqu'aucafé dumatin, jusqu'à ce que l'un d'entre vous quitte la maison.

ce fardeau de la peur afflige mon âme

Je n'ai jamais aimé te voir disparaître de mon esprit, mais je l'ai quand même vécu

Tu étais collé à mes cils, et dès que je fermais les yeux, je te voyais

Puis, lentement, tu es entré dans mon esprit et tu t'es assis là, dans un coin de ma mémoire, et je pouvais te rencontrer chaque fois que j'étais seul

Ensuite, tu as avancé sur cette voie, je te voyais à peine et je ne peux plus faire un pas vers toi

le temps a passé, tu n'y vis plus et je ne vois plus ton image

Il m'a fallu tout ce que j'avais en moi pour assister à ta disparition dans mon esprit Voir se déchirer l'amour que j'aimais le plus m'a coûté tout l'amour que j'avais en moi

Tu es ailleurs avec quelqu'un de nouveau, tes yeux perdus dans les siens, ta chemise imprégnée de son parfum Et moi, je suis encore là, à me blottir contre un oreiller à minuit et à penser aux disputes que nous avons eues à l'arrière du taxi, ne sachant pas comment aller de l'avant à partir de maintenant

J'aimerais pouvoir tenir ta main et t'empêcher de partir ; j'aimerais pouvoir rallumer la glace dans ton cœur, comme elle s'allumait lorsque nous nous embrassions et nous aurions pu repartir à zéro

le lâcher-prise vide le cœur

Je suis allée si loin que je ne sais pas comment revenir à l'amour
Je réfléchis lentement dans la pièce vide, agenouillé devant une autre nuit sans amour

J'ai trop peur de faire un choix, Comment peut-on être aussi sage ? Je n'ai qu'un seul point de vue,
Dois-je le remplir avec de la solitude ou avec toi ?

même si je commence à marcher avec mon cœur inutilisé pour trouver l'amour, je ne sais pas si demain est promis je ne sais pas quand je serai capable d'atteindre, et quand j'atteindrai, l'amour existera-t-il de la même manière que je le voyais auparava

brûlé par la solitude

ne vous fiez pas au sens des mots que vous avez entendus ne vous vengez pas et ne faites pas ce qu'ils vous ont fait - inutile de vous disputer et de pleurer à ce sujet

siunerelationvousfaitplusdemalqu'elle nevousrend heureux, alors quittez-la et passez à autre chose

**le partir, pour que vous puissiez vivreave,
so that you can live**

l'amour conduit au chagrin
Mon cœur a si bien appris cette formule que dès que l'amour a fleuri dans ma vie, j'ai commencé à en couper la tige parce que j'étais terrifié par les extrémités

parce que mon cœur peut accepter la douleur générée par ses propres sentiments, mais ne peut tolérer que des personnes disparaissent d'ici après avoir laissé une trace
Pourquoi sommes-nous si vite en amour et en sortons-nous si lentement ?

pourquoi ces sentiments ne disparaissent-ils pas tout de suite ? pourquoi devons-nous les rayer de la vie un jour à la fois ?

On ne peut jamais oublier quelqu'un que l'on aime ; personne n'est jamais parti ; oui, c'est un fait ; il faut trouver des moyens de vivre avec son souvenir
mais,
pourquoi est-ce si difficile ?

la perte de vos souvenirs a été un coup dur

Je prendrai la responsabilité d'y mettre fin Je l'ai fait pour être tout à moi

laissez-moi recueillir ma peur, mes choix, ma tristesse, ma culpabilité
il vaut mieux démolir l'amour,
sur le fondement du sacrifice, elle a été construite

le lâcher-prise est un nouveau départ

Tirez sur vos mots les plus tranchants pour que je sente la gifle sur mon visage

poignarde ta colère en moi pour que mes os ressentent la douleur
faire un trou dans mon cœur pour qu'il saigne toute ma vie

Rassemblez toute votre haine dans vos deux mains et jetez-moi au loin pour que mon âme soit brisée

si possible, vous voulez me donner une dernière chose,

donnez-moi ça,
Je laisserais mourir la version de moi qui était avec toi

pour que l'espoir s'enflamme, que je voie les flammes surgir de la déchirure et que je me prépare à renaître

la transformation est une renaissance

je veux faire partie d'une telle relation où je puisse honnêtement expliquer mon bagage avant d'y entrer c'est un sac plein de remords, d'échecs, de blessures émotionnelles, de blessures, de cicatrices et de beaucoup d'autres choses qui sortent de sa poche et deviennent lentement une partie de mon identité j'inhale ma douleur ; quand j'expire, le monde la sent, et il sait que je souffre

il y a trop de blessures invisibles qui me réveillent la nuit un sac qui s'alourdit de jour en jour, et son poids me menace que le jour n'est pas loin où je ne pourrai plus le porter, et il se moque de moi en me disant que je mourrai avec lui

J'aimerais trouver un partenaire qui m'accepterait avec mes bagages et me permettrait de faire partie de sa vie telle qu'elle est

J'aimerais que quelqu'un me tienne la main et fasse glisser doucement ce sac de mes épaules, le pose sur la table, déballe et place toutes les choses l'une après l'autre pendant que nos yeux se parlent pour qu'elles puissent vivre avec nous comme n'importe quel autre objet de la maison

J'aimerais pouvoir

tu es à côté de moi, pourtant, ta présence me manque
Tu me manques non pas parce que tu n'es pas là avec moi, mais parce que tu n'es pas ce que j'attendais de toi

Je t'ai donné tout ce que j'avais, petit à petit, et j'ai pensé,
Peut-être que j'obtiendrai l'amour dont j'ai rêvé mon âme m'a mis en garde, mais j'ai lutté

Il me manque de voir cette personne en toi que j'aimais bien
Je m'ennuie de voir en toi l'amour que j'ai vécu autrefois
Je voulais un amour qui dure,
Mais j'ai reçu l'amour qui est censé rester dans le passé

Tu me manques plus que je ne veux l'admettre

Je vous pardonne de m'avoir aidé
je te pardonne d'avoir purifié mon cœur

mon pardon est la dernière chose que je puisse donner, et alors tout l'espace de mon cœur est fermé pour toi je te pardonne parce qu'il n'y a pas d'espace pour la haine dans mon cœur

Au lieu de penser que je ne te pardonnerai pas et d'alourdir ainsi mon cœur, je crois en la façon dont je peux te pardonner et me vider

le pardon est un complément de santé mentale

Je comprends maintenant que la profondeur d'une relation ne se juge pas au temps qu'il faut pour y entrer, mais au temps qu'il faut pour s'en remettre

Permettre à des personnes qui vous aiment d'entrer dans votre vie est une bonne chose
Il est préférable de se débarrasser des personnes qui sont fausses dans votre vie

laisser les gens aller et venir, cela fait partie de la vie
Savoir qui peut entrer dans votre vie et qui ne le peut pas est un art

ne pas devenir la barrière

tu détestes tellement les gens
Que ferez-vous lorsque cette haine commencera un jour à vous haïr ?

Que ferez-vous lorsque vous vous retrouverez face à vous-même ?
comment allez-vous faire face à vous-même lorsque vous réaliserez que votre haine a brûlé tout l'amour que vous aviez en vous ?
et maintenant vous n'avez plus de maison où aller, pas d'épaule pour pleurer,
pas d'ami à partager,
aucun rapport avec les soins

Avez-vous déjà pensé à la façon dont vous réagiriez lorsque la fumée qui se dégage de ce que vous avez détruit vous empêcherait de respirer

tu t'assiérais seul, te repentant,
Il ne reste plus personne pour demander pardon, tu t'assois sur le tas de cendres
vous vous asseyez avec la fin, qui n'a pas de commencement

ne pas mentionner

ta haine te tue d'abord

les lumières vacillantes du réfrigérateur lorsque la tension fluctue,
ce robinet d'eau qui goutte, j'ai compté jusqu'à dix, puis j'ai recommencé
Je vois mon image sur cet écran de télévision vide et je fais un film avec mon passé

En prenant une tasse de café sous ce toit, je souris aux images et aux flashbacks de notre conversation que mon esprit crée
peut être trop long,
le silence peut être trop fort,
les nuits pourraient être trop confortables les jours pourraient être flashy

L'amour pour toi pourrait être trop craintif
puis vous donnez naissance à votre solitude vous vous asseyez avec lui et vous en êtes fier

le silence est trop fort

Je savais que ma vie n'avait pas de sens, mais je ne l'admettais pas il n'y a pas si longtemps, j'ai eu l'impression que tout le monde allait bien et que j'étais la seule à ne pas être heureuse dans ma vie j'ai découvert qu'il était plus facile d'étouffer ma voix intérieure que d'affronter le monde, ce qui m'a permis de continuer à travailler sur ce que j'aime et sur ce que je chéris

Je voulais apporter une contribution significative à ce monde, mais mon travail ne me le permettait pas

Je voulais vivre comme un oiseau et être courageuse, mais ma culture ne me le permettait pas

Je voulais me sentir autonome et libre, mais mes responsabilités ne me le permettaient pas

Je voulais aimer, jouer, créer, peindre, voyager et découvrir, mais mon destin ne me l'a pas permis

une vie de vide, sans endroit où se sentir chez soi

Au réveil, j'ai eu l'impression d'entrer en enfer vivre un autre jour était un autre cauchemar
C'était comme si j'assistais à ma mort tous les jours chaque idée de devenir régulier m'a frappé comme une balle

J'avais l'impression de menoyer dans un puitsnoir sans fond Le mot "avenir" ne semble pas exister dans mon esprit
Chaque fois que j'essaie de m'éloigner, j'ai l'impression d'être à la limite

le pire, c'est que je ne savais pas pourquoi je me sentais ainsi je manquais de larmes à chaque pensée, les mots du monde semblaient être la chose la plus cruelle ; les couleurs n'avaient pas de sens, pourquoi existent-elles même, le bruit et la voix étaient les mêmes pour moi tout le monde me regarde avec inquiétude, mais ils s'en vont, pas assez troublés pour s'arrêter chez moi et passer un peu de temps j'aimerais que quelqu'un me demande comment je vais et ouvre une perle de conversation qui fasse rejaillir une légère électricité
dans mes veines

ne pas mentionner

Peut-être que je voulais juste que quelqu'un d'autre porte le poids de mon esprit
Je m'attendais peut-être à ce que quelqu'un d'autre dissipe mes pensées brumeuses d'un coup de poing

Peut-être que je voulais quelqu'un de si proche de moi que je sois toujours couverte et que je me sente en sécurité dans son ombre
pas de haine, rien à récupérer, Je n'avais pas d'ennemis,
Peut-être que je veux redevenir moi-même

La dépression est le nouveau tabagisme

96   ne pas mentionner

Je ne me battais pas avec le regard du monde, c'était ce monstre en moi qui murmurait,
pas sous le lit mais dans ma tête Va te suicider, qui s'en soucierait ?
mon absence de réponse l'obligera à rester silencieux pendant un certain temps
puis il devient mon ami et me donne la solution,

La fin de votre vie est la fin de tous les problèmes,
pourquoi vivre avec une âme aussi fragile ?
Allez-y, faites-le,
Faites-le dans votre style

les pensées suicidaires vous parlent

quand je me trouvais jolie quand je passais des heures dans un salon de coiffure,
ont acheté des robes coûteuses dans un centre commercial
Je suis allé dîner dans un restaurant coûteux, Je me suis fait quelques petits amis,

souriait inutilement, pleurait, pour se montrer,
Je pensais qu'il n'y avait pas de vie sans maquillage
fuir les problèmes les effacera de la vie
Je pensais que c'était ainsi que les jolies filles vivaient leur vie

comment j'ai ignoré l'amour de soi

l'amour ne vous quitte jamais, c'est vous qui décidez
de quitter l'amour
L'amour était là où il était

nous cessons de ressentir l'amour parce qu'il a
recousu ce qui était déchiré en nous et que nous n'en
avons plus besoin dans la vie

L'amour est comme un océan, il a toujours des vagues
C'est vous qui vous êtes assis là, et maintenant vous
êtes allé de l'avant

et j'avais tort

on avance quand on se regarde dans le miroir et qu'on ne détourne pas les yeux

vous passez à autrechose lorsque vous parlez àl'équipe du salon, et vous choisissez la façon dont vos cheveux doivent être coiffés

vous passez à autre chose quand vous avez eu le courage derépondrefranchementàlaquestion"qu'est-ce qui vous est arrivé ?

vous bougez les jours où vous appelez vos amis sans raison et discutez pendant des heures

vous passez à côté des jours où vous avez cherché sur Google comment réaliser vos projets en attente depuis longtemps au lieu de chercher des citations sur l'amour et la souffrance

on passe à l'époque où l'on achetait un billet de concert et où l'on s'habillait comme si l'on allait à un rendez-vous avec soi-même

vous allez de l'avant alors que vous continuez à vivre vous-même

Quoi qu'il en soit, vous passez à autre chose

lorsque vous avez accepté votre maintenant
lorsque vous avez commencé votre voyage intérieur
lorsque vous avez cessé de blâmer le comportement
des autres pour ce que vous êtes aujourd'hui

lorsque vous commencez à vous concentrer sur la
guérison de vos blessures
lorsquevous avez acceptélechangementdetempstout
en poursuivant vos objectifs

that's when the past lost its power over your life

Aujourd'hui, alors que je recueille des espoirs brisés et que j'essaie de les façonner, mon cœur veut retomber amoureux de toi, et mon esprit m'avertit que je vais de nouveau devoir affronter un chagrin d'amour

J'ai vu mon espoir se briser en millions de morceaux devant mes yeux même si j'essaie d'en saisir un, le reste deviendra de la terre je me suis assis et je l'ai vu s'immerger dans la terre d'où il provenait

je réalise maintenant combien il est dangereux de croire en de faux espoirs j'ai vécu la moitié de ma vie en espérant à tort et en y faisant face maintenant tout le

monde disait que je n'étais pas avec la bonne personne, mais j'espérais qu'un jour tu deviendrais celui avec qui je pourrais vivre sans m'expliquer à chaque fois, tu as brisé mon espoir en morceaux, et à chaque fois, je l'ai assemblé pour espérer à nouveau à tort

Pourquoi ai-je eu tant de foi en de faux espoirs ?
pourquoi n'ai-je pas su la vérité ?
Était-ce mon incapacité ou la vie jouait-elle un jeu avec moi ?

nous ne pouvons grandir que dans la mesure où nous pouvons accepter la vérité sans fuir, et je suis l'obstacle sur mon chemin me tenais-je dans la forme de mon union intérieure ?

la mort n'est pas seulement un certificat ; elle survient bien plus souvent lorsque nous cessons d'écouter notre moi intérieur
Alors que je renais aujourd'hui, je vois ma vie jusqu'à présent s'embraser

Je courais après le faux, je me remplissais l'estomac de mensonges Je nageais dans la mauvaise relation, et je me sens vide maintenant que j'ai tout brûlé

J'essaierai de me ramasser un par un, de me laver avec l'amour de soi, de me sécher dans l'impatience avant de recoller les morceaux pour devenir moi, et enfin, je porterai le pardon avant d'ouvrir les bras au monde

Je pense que ce n'est pas tomber amoureux qui nécessite un cœur courageux ; c'est se remettre d'un chagrin d'amour qui fait hésiter à tomber amoureux oui, c'est vrai !

J'apprends pas à pas à connaître cette relation avec moi-même et j'essaie de l'améliorer

je m'instruis moi-même des échecs passés et des attentes non satisfaites, j'attends un rayon de lumière dans l'obscurité pour me tenir la main et m'emmener de l'avant
à partir d'ici

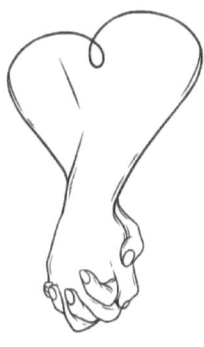

le nouveau moi ne recherchera plus les autres opinions ou tout ce qui m'empêche de me sentir valable je n'ai plus besoin du soutien et de la participation des autres pour vivre ma vie

réalisation de soi

"Pourquoi ne pas jeter cessouvenirs qui alourdissent ta vie de jour en jour, comme tu m'arraches et me jettes des feuilles jaunes", m'a demandé la plante sur mon balcon
J'ai dit : "J'aimerais avoir une main bienveillante comme la tienne"

demander de l'aide

avec qui je peux parler de ma lueur, mon flux menstruel,
pourquoi la vie est lente
et à quel point j'avais envie de lancer

comment je poursuis mes rêves,
et combien je veux désespérément que le monde se montre
certaines choses m'irritent
mon oui est important, et plus important encore est le non

Il doit y avoir quelqu'un comme ça dans la vie

le soleil ne se lève pas toujours à la même heure et ne
se couche pas toujours à la même heure,
la rivière ne coule pas toujours dans la même
direction,

le vent ne croit pas à la perfection,
le sol ne se préoccupe pas de son érosion

comment ne pas changer quand on est fait d'éléments
en perpétuelle évolution ?

vous êtes dans le changement, vous êtes le
changement,

tu es toujours en train de devenir

28-40

J'ai mes imperfections, elles font partie de moi, de ma vie, et je veux que tu m'aimes pour cela Je ne veux pas entendre seulement les bonnes choses à mon sujet ; je veux entendre des choses honnêtes à mon sujet

ne me dis pas que je suis belle, dis-moi que j'ai un grand nez, de petites lèvres, et dis-moi que tu m'aimes pour cela

s'il vous plaît, ne me donnez pas une fausse motivation ; dites-moi mes lacunes

Dites-moi quelque chose que je ne peux pas faire et aimez-moi pour cela
aime mes imperfections autant que tu m'aimes

i am not complete without my imperfections

J'aime toutes les couleurs, pas seulement le rose j'aime les chiens plus que tous les autres animaux (bien plus que les humains)

J'aime les livres plus que Netflix J'aime le café plus que le chocolat J'aime les chansons plus que les films

J'aime voir la dactylographie la dactylographie plus que le chat lui-même
J'aime dire "je te tuerai" parce que cela signifie "je t'aime"

J'aime partager "ces choses désagréables" que je pensais de vous et maintenant je ris avec vous en racontant les mêmes choses

Célébrer les différences et pas seulement les similitudes, c'est ce que j'appelle l'amour

mon type d'amour

des amis fidèles
la confiance en soi
être capable de faire la distinction entre ce qui est bien
et ce qui est juste
le courage d'être heureux la liberté de suivre son âme

ce que seul le vieillissement peut vous apporter

dans mes premières années, ma beauté s'élevait, aujourd'hui, je m'élève dans ma beauté j'étais belle d'une manière que je n'acceptais pas

Ce que j'appelais autrefois les pattes d'oie et que j'avais l'habitude de chercher dans la clinique la moins chère pour les faire traiter, ressemble aujourd'hui à mes souvenirs de rire jusqu'aux larmes

Ce que j'appelais autrefois les rides du lion est aujourd'hui la courbe de confusion à laquelle j'ai dû faire face

Ce que je détestais autrefois, les cheveux gris, et que je ne manquais pas d'aller voir au salon pour les cacher, me semble aujourd'hui une sagesse acquise au fil des ans

Ce que j'appelais des vergetures et pour lequel j'ai essayé toutes les lotions et potions disponibles sur le marché me rend heureuse de constater à quel point ces neuf mois ont été beaux et magiques

ce que j'appelais la graisse corporelle et que je faisais évaluer par différentes machines pour prouver l'inexactitude des pèse-personnes, et que je n'étais pas

du tout grosse, semble maintenant se souvenir des
bons moments où je mangeais jusqu'à minuit

ce que j'avais l'habitude de cacher ; les cicatrices
semblent maintenant une force

Ce qui me faisait peur, le vieillissement m'en rend
fière

Tout le monde peut trouver un bon salon, mais tout
le monde ne peut pas trouver une bonne vie

**meaning of beauty changes with time le
sens de la beauté change avec le temps**

Les femmes veulent partager des problèmes stupides tels que les pieds froids, le soleil trop fort, les embouteillages, plus de sel dans la nourriture et les vendeurs de légumes ennuyeux dans la rue, et elles veulent que vous compreniez des problèmes plus profonds tels que lorsqu'elles sont contrariées, leurs luttes dans la vie, la haine qu'elles se sont créées, les moments sombres et les souvenirs obsédants qui les ont enveloppées

le visage d'une femme est rempli de sourires, les yeux débordent lorsque ses enfants étudient bien, lorsque son mari obtient une promotion, lorsque tous aiment la nourriture qu'elle a préparée ; son visage est sans émotion lorsqu'elle est en guerre avec ses pensées et qu'elle prépare des retraites

nous savons comment nous sentir bien avec des rides noussavons comment soigner les blessures causées par le couteau et la vie
nous savons comment nous réveiller sans réveil, comment mesurer et cuisiner des aliments que tout le monde mange et qui ne sont pas gaspillés,

nous savons comment coudre nos émotions,
nous ne recevons jamais de veste dans les rues
froides, mais nous savons quoi choisir si nous avons
une heure pour nous, pour nous détendre dans un spa
ou pour réparer le four pour une fête d'anniversaire

nous, la femme, notre vie n'est pas facile à vivre, pas
facile à aimer

nous la femme

la forme de votre roti, le choix de vos mots,
la propreté de votre logement,

votre taille,
les sommets de vos rêves,
les cicatrices et les rides sur votre corps,

certificat de votre personnage,
les vacances que vous avez prises, votre solde bancaire,

les livres que vous lisez,
la façon dont vous aimez vivre histoires votre sourire
se cache,
tes plans, dans ton chignon, tu as noué

ne fait pas de vous une moins bonne femme

quand j'ai dit,

Je ne veux pas me marier,

Je ne veux pas quitter cette maison où j'ai grandi,

Je le pensais sincèrement ; et tu as pensé que je plaisantais, tout comme ta mère pensait que tu plaisantais avec elle.

Je suis sincère, maman !

ma mère m'a donné sa peur et ses larmes
mon père m'a fait part de son ignorance et de sa position
ma grand-mère m'a confié son désarroi et sa tension
mon grand-père m'a transmis sa foi et ses promesses

mes amis m'ont fait des blagues et m'ont promis des retrouvailles à jamais
mes parents m'ont donné un manuel sur la façon d'être une bonne ménagère
mes voisins m'ont fait cadeau de leur attente pour voir mon enfant l'année prochaine

les cadeaux que j'ai reçus à mon mariage

le titulaire d'un emploi ne peut pas s'occuper en permanence de la maison et des enfants
une femme au foyer ne peut pas aller au bureau et ne peut pas gagner de l'argent pour sa famille
une femme courageuse agira de manière indépendante
une femme humble fera les choses en silence

une femme forte passe facilement à autre chose une femme émotive pleurera souvent
un athlète aimera le terrain plus que la cuisine
une femme scientifique ne voit pas plus loin que sa mission

nous sommes tous magnifiquement placés à divers endroits
Le "je peux tout faire" est un concept erroné
abandonner le perfectionnisme
et faites ce que vous voulez, faites tout

nous travaillons tous, mais pas tous

la femme qui n'arrive toujours pas à se pardonner la fausse couche qu'elle a subie et qui continue à imaginer son bébé dans tous les autres bébés qu'elle voit

la femme qui baisse les yeux lorsque son amie lui demande de la déposer à la maternité alors qu'elle a essayé pendant cinq ans sans succès

la femme qui se rend à chaque fête prénatale et s'imagine à la place de la future maman dans son esprit

la femme qui fait face chaque jour à un buisson d'yeux qui la jugent

pour la femme qui pleure silencieusement sous la douche lors de ses prochaines règles et qui se prépare à un nouveau mois de vie sans enfant

la femme qui a développé l'aptitude à entendre la rumeur sur sa féminité

la femme qui se rappelle comment élever sa fille pour que l'histoire ne se répète pas

Je suis toi, je suis avec toi Je ressens dans tes yeux la douleur indicible qui est expliquée

vous n'êtes pas seul

la maternité n'est pas un obstacle, c'est un bonheur
vos enfants ne sont pas un fardeau, ils sont l'espoir

vos nuits blanches et vos combats sans paroles vous ont un peu changée,
vous pensez souvent que la maternité vous empêche d'avancer
vous avez souvent l'impression d'avoir donné naissance à votre limitation

vous pensez que c'est difficile, mais la maternité consiste à élever une vie, à nourrir une âme et à apprendre la vie ; elle n'a pas à être stressante et rancunière élever vos enfants n'est pas une tâche que vous devez accomplir ; c'est un voyage que vous devez vivre, aimer, apprendre et apprécier vos enfants sont là pour vous ramener à la vérité, à votre état naturel, à votre état d'amour et d'attention, à la raison même de votre existence sur cette planète

tu n'as pas besoin de chercher dans le monde entier pour trouver ta maison tes enfants te tiendront la main et t'emmèneront vers les racines que tu as en toi

la maternité va au-delà de ce que la société nous a montré

Maman, je n'ai jamais compris pourquoi tu étais toujours la dernière à te préparer, jusqu'à ce que je devienne mère Je réalise maintenant que tu devais donner à chacun ses vêtements assortis, seschaussettes perduesetses chaussures cachées,queseuletoipouvait trouver

Maman, je n'ai jamais compris pourquoi tu te mettais en colère pour des choses stupides jusqu'à ce que je devienne mère, comment tu avais l'habitude de nous crier dessus quand nous gardions le robinet ouvert, gaspillions la nourriture, marchions sur le sol nettoyé et nous levions tard, je réalise maintenant à quel point cela t'épuisait de faire ces choses

Maman, je n'ai jamais compris pourquoi tu nous faisais peur avec des histoires de fantômes quand nous ne dormions pas l'après-midi, jusqu'à ce que je devienne mère je réalise maintenant combien de tâches tu avais l'habitude de terminer quand nous dormions

Maman, je n'ai jamais compris pourquoi tu nous obligeais à manger avant de sortir et à porter une bouteille d'eau, jusqu'à ce que je devienne mère je réalise maintenant à quel point il est pénible de penser à un enfant qui a faim

Maintenant je te comprends, maman

si le maquillage peut cacher votre anxiété cela ne signifie pas que vous êtes heureux,

si l'eau peut laver tes larmes
cela ne veut pas dire que vous n'avez pas pleuré

si vous avez pleuré et avez eu besoin d'aide cela ne veut pas dire que vous n'êtes pas fort

si le monde ne reconnaît pas votre combat,

cela ne veut pas dire que vous avez eu une vie rose

Ils vous diront ce qu'il faut manger, quels
suppléments prendre, quel magasin propose les
vêtements de bébé les plus sûrs, quel hôpital propose
le meilleur forfait et qui est le meilleur professeur de
yoga prénatal de la ville

tout le monde attendrait de vous faire part de ses
expériences dès qu'il apprendrait que vous attendez
un enfant

Certains vous feront peur,
Certains vous conseilleront,
Certains vous enseigneront les sciences, certains vous
donneront tort

mais personne ne vous dira comment boire votre café
avant qu'il ne soit froid, dormir suffisamment avant
d'avoir des cernes, etcuisiner et manger en tenant
votre bébé

personne ne vous dira comment vous remettre en
selle après tant d'attentes, de rêves, de tâches et de
personnes que vous devez gérer il est normal de se
sentir bouleversé et confus en tant que nouvelle mère

arrêtons de raconter et commençons à entendre davantage !

s'élever au-dessus des normes, sortent de la cuisine, sortir d'une relation toxique,

sortir de la prison mentale, sortir de votre manoir,

accorder à soi-même l'attention que l'on cherche toujours à obtenir des autres

et voyez comment votre vie se transforme célébrer le fait d'être soi-même

s'élever et diriger

tu es revenue à la maison sans personne tu as pleuré

mais lorsqu'il a demandé le lendemain "ce qui s'est passé",
vous avez souri, vous avez transformé la scène de partage de votre douleur avec lui en imagination et en un autre secret que vous avez gardé

parfois, ne pas partager la raison de sa tristesse est plus apaisant que de la partager

juste parce que tu lui as dit "je t'aime", juste parce qu'elle a dit oui,
simplement parce que "vous êtes marié avec elle", simplement parce qu'elle vit avec vous,
 juste parce qu'elle a donné naissance à vos enfants,

cela ne signifie pas que vous avez le droit perpétuel d'avoir une relation sexuelle avec elle vous devez toujours respecter son temps, ses choix et ses décisions en la matière
tous les jours et à tout moment

faites face aux faits que vous n'avez pas vérifiés

nos sentiments sont mieux compris par ceux qui ne vivent pas avec nous

après la rupture de la relation, l'esprit commence à faire des suggestions sur la façon dont la relation aurait pu survivre

nous sommes le plus souvent en colère contre les personnes qui nous acceptent vraiment, et nous ne sommes jamais en colèrecontre ceux dont nous savons qu'ils n'ont pas une bonne opinion de nous

la plupart des relations sont rompues non pas par des malentendus, mais par une compréhension qui n'a jamais existé

La plupart des mariages survivent parce qu'ils entretiennent l'ego, et non l'amour

les ironies de la vi

Je t'ai traité comme un enfant espiègle dans la maison, te grondant toujours pour avoir couru devant mes yeux à plusieurs reprises

Je t'ai toujours menacé d'oser exiger quoi que ce soit de moi

Sous le coup de la colère, je ne vous ai pas laissé assez de temps
J'ai réalisé plus tard que c'était moi qui avais peur, pas toi parce que je sais que je ne peux pas t'affronter dans ta totalité

mes rêves

mon cœur aspire toujours à de nouvelles expériences je m'impatiente lorsque je ne trouve rien de nouveau à faire

Je veux vivre toutes les aventures du monde, m'en lasser et en chercher d'autres

Jemesensanimé parlafaçondontjetrempemoncœur dans de nouvelles choses, dont je l'imbibe et dont je l'enlève pour le faire sécher et le recommencer

désir

J'avais tellement l'habitude de vivre avec le désir des choses que je voulais voir dans ma vie que lorsque je les ai obtenues, j'ai commencé à regretter la vie que je vivais, à me languir d'elle au lieu d'en profiter

J'ai passé tellement de temps à lutter pour vivre que je ne sais pas quoi faire lorsque je suis en paix

l'attente vous change

Jouez parce que vous aimez le jeu, pas parce que vous voulez vaincre quelqu'un

Soyez honnête avec les autres parce que vous vous sentirez en paix, et non parce que vous attendez des autres qu'ils soient honnêtes avec vous

aimez parce que vous avez de l'amour en abondance, et non parce que vous attendez de l'amour en retour

Faites de l'exercice parce que vous aimez votre corps, et non parce que vous le détestez

Soyez heureux parce que c'est ainsi que vous voulez vivre votre vie et non parce que les gens veulent vous voir heureux

laissez le feu qui vous fait avancer dans la vie venir de l'intérieur, et non de la réaction qui se produit sur ordre de quelqu'un grandissez en faisant ce qui répond à votre but dans la vie, et non en faisant ce que d'autres vous ont dit que vous ne pouviez pas faire

il est de ta responsabilité de faire de ton âme un lieu serein et calme, ne la salis pas en l'éclaboussant de jalousie et de colère

paix manquante en toi = pièce manquante en toi

proposer une liste de choses à quelqu'un sans comprendre ses problèmes

de dire "comment vivre" sans avoir vécu leur vie
de dire "ça va aller" sans savoir ce dont ils ont besoin pour se sentir bien

de commenter la vie d'un autre, "il a eu de la chance", sans connaître le combat qu'il a mené pour en arriver là

**il est facile de devenir un bienfaiteur,
difficile de devenir un exemple**

Je ne peux pas aimer tout le monde, et tout le monde ne peut pas m'aimer Je ne peux vraiment pas plaire à tout le monde, tout le temps

Mon corps vieillissait depuis ma naissance et lutter contre ce processus naturel n'était qu'une perte de temps

J'ai montré toutes les bonnes choses que j'ai faites et accomplies dans la vie, mais tous les yeux trouvaient des défauts en moi

J'ai ignoré la santé quand j'étais en bonne santé et je l'ai valorisée quand je ne l'étais pas

Le jour où j'ai réalisé que je passais la majeure partie de ma vie à poursuivre de faux objectifs et à fuir mon moi intérieur, j'ai commencé à vivre ma vie ce jour-là

Acceptez toujours votre situation ; je dois être le premier à l'admettre ; le monde ira de toute façon à son encontre

Le temps de la chose m'a appris

Je ne suis pas moi à 100% Je ne suis pas le vrai moi dans l'esprit de tout le monde Pour certains, je suis une jolie fleur, pour d'autres un désastre des plus laids

mon moi intérieur a l'ombre de ceux qui m'ont rencontré au fil des ans

certaines personnes me marquent et me changent certaines personnes prennent des morceaux de mon innocence et me changent

En fin de compte, je ne suis pas ce que je suis

pouvez-vous être 100% vous-même ?

ma recherche de la perfection m'a conduit à la déception il m'a été si difficile d'accepter que personne n'est parfait ; les gens ne peuvent pas vivre comme je le voudrais

les gens ne sont pas tous nés dans le même environnement ; leur passé et leur présent sont différents ce qu'ils pensent être bien, mal, comment la vie devrait être, et ce qu'est l'amour est totalement différent de mon point de vue et de ma compréhension

nous pouvons tous voir la même chose avec une perception différente

L'être humain peut-il jamais aimer quelqu'un de tout son cœur, quel que soit l'angle sous lequel il le perçoit ?

Est-il juste de traiter quelqu'un en fonction de sa perception ?

Est-il normal de se comporter gentiment avec eux et de les abandonner dès que l'on connaît leur point de vue ?

en fin de compte, qu'est-ce qui compte le plus, les gens ou la perception ?

la perception transperce chaque âme

lorsque j'ai fait la différence dans la vie de quelqu'un,
lorsque mon petit geste d'aide a soutenu les efforts de quelqu'un dans la poursuite de ses rêves

quand mon conseil bizarre a illuminé les yeux de quelqu'un
quand mon silence a répondu, et que les mots se sont tus parce que j'ai choisi la relation plutôt que la situation

quand je me suis bien débrouillé avec des étrangers sans rien connaître d'autre que moi-même
lorsque j'ai choisi d'être déçu par la vérité plutôt que de me satisfaire d'un mensonge

Je vivrais ma vie pour ces moments-là

si vous êtes esclave de vos habitudes si ton cœur est rempli d'égoïsme

si la colère coule dans vos veines
si vous n'aimez écouter personne

s'il faut montrer les erreurs des autres pour cacher les siennes,
alors comment le pardon peut-il s'épanouir dans votre cœur ?

Peut-on seulement pardonner à quelqu'un ?

Un jour, je martèlerai les murs de la peur
Un jour, je ne m'intéresserai plus à mon apparence

je reconnais mes forces, mes faiblesses, ma raison et ma logique, bonnes ou mauvaises

Un jour, je ne me soucierai plus de l'opinion des autres à mon sujet
Je me dirai alors que je suis courageux

la bravoure commence par l'honnêteté

si quelqu'un est si gentil avec vous que vous avez l'impression d'être pris au piège

si quelqu'un est si méchant que vous avez l'impression d'être déficient

si l'acte de quelqu'un ébranle votre propre conviction sur vous-même, faites une pause

ne confondez pas votre pouvoir avec leur capacité à contrôler vos pensées

ne laissez pas le doute contrôler vos voix intérieures Rappelez-vous, par une nuit noire, vous regardez le ciel et vous pouvez voir une illusion d'étoiles parce que vous voulez voir les étoiles, mais cela ne signifie pas que la nuit est étoilée

en cas de doute, ne le ressentez pas beaucoup

Il est bon d'écouter les autres et de partager les moments sombres, mais il faut se méfier des personnes qui ne veulent voir en vous qu'une boîte à doléances et qui n'utilisent votre temps que pour mettre leur douleur à l'intérieur

ne deviennent pas pour eux une simple boîte à doléances

votre cœur n'est pas un hôtel

la charité, ce n'est pas seulement donner de l'argent ce n'estpasfairedesdépôtsenligne ets'enréjouircen'est pas donner quelques dollars au mendiant qui se tient au feu rouge de nos jours, obtenir de l'argent quand on en a besoin n'est pas un gros problème ; trouver une voix de soutien en est un autre

si vous voulez aider quelqu'un, regardez autour de vous ce ne sont pas toujours les personnes en situation de pauvreté qui sont dans le besoin nous sommes tous dans le besoin dans un domaine ou un autre de la vie nous avons tous besoin d'aide et de soutien pour évoluer dans notre vie

si vous voulez faire une œuvre de charité ou aider quelqu'un, appelez un ami, un collègue ou un membre de votre famille dans les moments difficiles qu'ils traversent, et soyez disponible pour eux, votre temps signifiera beaucoup plus que l'argent pour eux cette voix, cette personne, cette étreinte, cette attention comptent le plus dans la vie lorsque vous avez perdu tout espoir

la charité se décline sous toutes les formes

laisser tomber ce qui vous fait culpabiliser
Laissez tomber les personnes qui s'étonnent au lieu de se réjouir de votre réussite ; elles ne sont pas faites pour vous dans votre vie

abandonner les relations qui ne sont pas respectueuses
Laissez tomber les endroits où vous n'arrivez pas à sourire sans effort

parfois, vous faites semblant d'aller bien alors que ce n'est pas le cas votre esprit crée des défis là où il n'y en a pas vous pouvez être pris dans une telle négativité que vous devenez l'otage de vos pensées

Parfois, nous voulons croire en ce qu'il y a de meilleur chez les autres, mais parfois nos illusions nous empêchent de voir notre vocation intérieure

se débarrasser de ces croyances limitatives et aller de l'avant
Au début, il peut vous sembler impossible de sortir de ce piège, mais lorsque vous éliminez la toxicité de votre vie et que vous apprenez à établir des limites avec elle, vous apportez une nouvelle énergie qui n'est plus défensive, ni colérique, ni épuisante

laisser tomber les vieux concepts et les expériences passées qui définissaient autrefois ce dont vous étiez capable, afin d'accéder à une version plus grande et plus abondante de vous-même

croyez en votre pouvoir lorsque vous êtes confronté à une crise ; nous sommes souvent capables d'accéder à cette force spéciale que nous ne savons pas que nous possédons jusqu'à ce que nous en ayons réellement besoin

il y a du bon dans chaque adieu

je ne fixe pas toujours les étoiles et je ne m'interroge pas ; il m'arrive de leur sourire
sourire aux nombreux adieux, qui m'ont semblé plus lourds à un moment donné et m'ont rendu le cœur léger par la suite

il était une fois la fille qui était toujours trop dans certaines choses et pas assez dans d'autres ; je souriais

à l'idée que j'avais des pensées idiotes et que j'y croyais aussi

Comment j'ai fait d'une montagne une taupe et comment j'ai facilement laissé passer une véritable trahison

la joie, le cri,
les peurs, les larmes,
les paresseux, les faciles, l'amer, le fromage
Je parle de tout cela à des stars et je leur souris

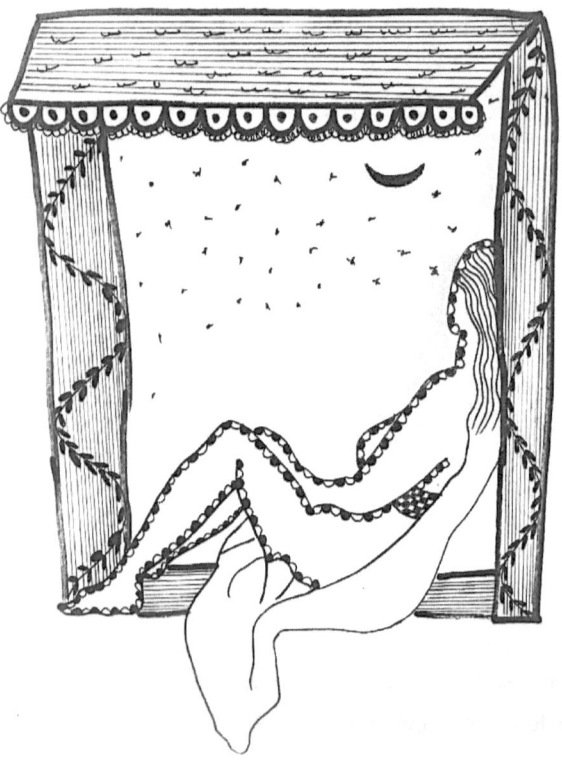

Pour moi, sourire aux étoiles est une thérapie

à ma mort, je laisserai un rêve inachevé, un désir inexprimé, une tâche inachevée

mon âme se pencherait sur l'univers pour savoir qui me comprend bien, qui travaille sur mes tâches inachevées, qui me maintient en vie dans ses œuvres et son sourire

pour que je sache qui était le plus proche de moi

vous supposez rapidement que vous n'en valez pas la peine lorsque vous n'obtenez pas ce que vous voulez

vous vous déconsidérez rapidement parce que vous n'êtes pas en mesure d'atteindre vos objectifs

Parfois, c'est le cœur qui gouverne les sentiments ; parfois, c'est l'esprit qui raisonne
Parfois, vous aidez les autres dans leur voyage ; parfois, vos devoirs vous rendent aveugles
parfois votre moi intérieur se rétrécit à la petitesse ; vous vivez dans le déni
il arrive que l'on investisse des années de temps et d'argent dans un procès sans fin

lorsque les échecs frappent, vous avez tendance à oublier qu'il existe une puissance au-dessus de nous tous, une puissance plus élevée et plus sage que nous, qui vous fait volontairement vous sentir mal certains jours, afin que nous connaissions la force qui est en nous, et que nous rebondissions

certains jours, nous existons simplement

pour comprendre quelqu'un, il n'est pas nécessaire de traduire ses paroles
vous pouvez les comprendre par, la petite fissure dans leur voix,
la pause qu'ils ont prise entre les deux, ces longues respirations,
ces mouvements oculaires, cette larme, qui a été avalée,

ce sourire qui apparaît secrètement dit quelque chose et disparaît
ce fard à joues ne se trouve dans aucun produit cosmétique
le silence, ce qui en dit long, les mots ne voulaient rien dire
il faut les comprendre davantage pour comprendre la personne

ne pas se contenter de savoir, mais comprendre cette personne

la meilleure version de moi-même n'est pas quelqu'un de mieux élevé, de plus mature, qui suit le mouvement et qui maintient le score de bonheur

Cela signifie que je poursuis mes rêves avec passion et positivité Cela signifie que j'utilise tout ce que j'ai appris de mes échecs pour avancer dans ma vie

J'aimerais vivre dans un monde où ces choses sont normales

Il est plus important d'être soi-même que d'être le meilleur

on ne peut pas sortir d'une mercedes en portant un diamant d'un million de dollars, en tenant un verre de vin et en disant : "hé, venez, je vais guérir vos blessures"

la personne qui peut guérir les autres doit d'abord se guérir elle-même ; elle doit d'abord traverser une période difficile, la supporter et devenir une meilleure version d'elle-même

le pouvoir de guérison n'est pas magique ; c'est l'intention et le dévouement envers les personnes qui souffrent de ce que vous avez guéri vous-même et la manière dont vous pouvez les guider le pouvoir de guérison provient des morceaux que vous avez autrefois brisés, et vous rassemblez chaque once de votre volonté et de votre courage pour les rassembler afin de vous améliorer le processus d'amélioration vous donne un pouvoir de guérison les guérisseurs ne vous donnent rien, ils n'ont rien à vous apporter si ce n'est leur temps ils vous enlèvent votre bouclier qui vous empêchait d'être vous-même.

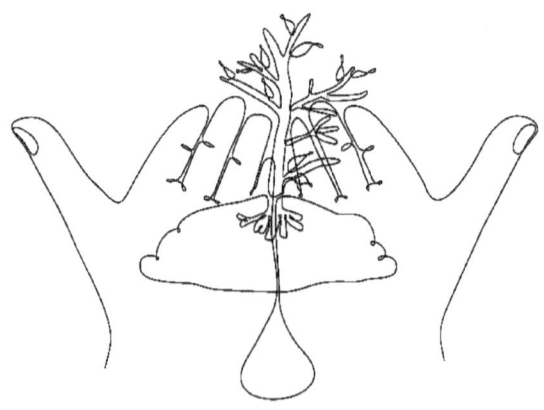

il est tout à fait normal que votre blessure émotionnelle prenne du temps à guérir, parfois cela peut prendre un an, un mois ou toute une vie et c'est tout à fait normal si vous hâtez le processus de guérison, vous le complétez par le sentiment de ne pas être en mesure de le faire, de ne pas être en mesure de le faire et de ne pas être en mesure de le faire

Les cicatrices ne sont jamais propres, n'essayez pas de dissimuler vos imperfections si vous n'êtes pas prêt

la guérison n'est pas l'oubli guérir n'est pas se cacher
la guérison n'est pas l'évitement
la guérison germe dans les moindres détails

Vous pouvez mettre votre rouge à lèvres préféré, porter cette robe que vous vouliez sortir de votre garde-robe et prendre un verre d'eau à la maison Prenez des selfies, gardez-les pour vous, il n'est pas nécessaire de les raconter au monde entier, allez faire un tour en voiture tard dans la nuit en serrant le vent sur votre poitrine, ou continuez avec vos amis en souriant au soleil qui brille, parlez à un inconnu au restaurant, donnez quelque chose au mendiant dans le métro en même temps que votre sourire

vous avez plus besoin de vous que vous n'avez besoin d'eux

nous pensons toujours beaucoup à nos relations : comment dois-je les nommer ? comment dois-je les commencer ? qu'en pensent les autres ? comment vais-je gérer ma relation ? une chose importante que nous oublions, c'est la connexion, le lien

la connexion est le fondement de toute relation ; au lieu denousgratterlatêteetd'essayerd'étiqueterlarelation,
nous devons nous concentrer sur la force de notre connexion

Vous n'aurez plus besoin de faire quoi que ce soit pour maintenir vos relations

les gens demandent quelle est la chose qui maintiendra l'étincelle dans les relations ; il n'y a pas qu'une seule chose ; c'est toute la relation qui doit être entretenue il suffit de prendre soin de la connexion, et la relation s'épanouira

Enjoy Fab High five

LOL Have fun Yum!

Happy Laugh Hustle

vous n'avez pas besoin de mourir ensemble
vous n'avez pas besoin d'apporter du bonheur dans l'assiette de votre partenaire

vous n'avez pas à régler les problèmes de l'autre
vous n'avez pas besoin de chercher un partenaire parfait ou une relation parfaite ; cela n'existe pas

vous avez besoin de ressentir cette connexion indéniable qui nourrit et soutient votre croissance intérieure
vous devez réfléchir à la manière dont vous pouvez mieux contribuer au bonheur de l'autre

vous devez grandir et évoluer ensemble.

ne pas s'attacher profondément, mais se connecter profondément

aujourd'hui, le monde n'a pas besoin d'argent, de technologie et de communication ; nous en avons déjà suffisamment le monde a besoin d'amour, de qualité et de compassion

le monde n'a pas besoin de millions d'yeux pour regarder une vidéo sur la faim et la pauvreté

le monde a besoin de personnes qui ont de la compassion dans les yeux
nousn'avons pas besoin de dépenser des milliards pour les soins de santé ; nous devons aller plus loin et nous reconnecter à nos racines

nous tombons malades et sommes confrontés à de nombreux problèmes de santé, non pas parce que nous manquons d'immunité, mais parce que nous n'avons jamais cru que nous l'avions

changement, aussi minime soit-il

appuyer sur le bouton pause est tellement important dans la vie pour réaliser, réfléchir et aller de l'avant prendre le temps de se retirer et d'observer ralentir est nécessaire pour accélérer le processus prendre du recul pourfaireunepauseet réfléchirfaitpartieduprocessus ; cela fait partie du cycle de croissance même les arbres et les fleurs sont en dormance pour une raison

ne laissez pas votre liste de choses à faire contrôler votre tranquillité d'esprit ; si cela se produit, il est temps de faire une pause et de réfléchir il faut une certaine maturité mentale et spirituelle pour reconnaître le bon moment pour prendre du recul

Faites une pause, creusez votre esprit et trouvez de nouvelles façons d'aborder la réalité

appuyer sur la touche pause

savoir quand et où ajuster son attitude lorsque vous êtes au bord d'un changement et que vous savez qu'il va se produire, il vous suffit d'ajuster votre attitude entre une vie confortable et l'acceptation de ce changement exaltant

Que vous le vouliez ou non, votre vie vous confronte à des changements que vous n'aimez pas, et votre croissance dépend de la façon dont vous accueillez la différence et dont vous adaptez votre attitude au changement

il y aura un moment où vous vous trouverez au bord d'un changement significatif, mais où vous serez nerveux à l'idée d'aller de l'avant d'un côté, vous avez votre zone de confort et de l'autre, les défis un pied dedans, un pied dehors c'est le bon moment pour affiner votre attitude et accueillir le changement de vieilles attitudes peuvent faire obstacle à votre croissance

Lorsque votre moi intérieur vous demande s'il faut ou non franchir cette étape, modifiez votre attitude

vous êtes capable de bien plus que ce que vous devez vous permettre
Ajustez votre attitude et voyez que la vie vous appelle à faire un pas en avant et à vous approprier ce dont vous êtes vraiment capable

ajuster son attitude

Le succès frappera à votre porte un jour ou l'autre
Mais le bonheur de réussir ne doit pas être vain

Améliorez donc vos pensées et prêtez attention à la manière dont vous réussissez, et non au moment où vous réussissez

n'oubliez pas de vous applaudir vous-même

choisir d'être compatissant avec les autres si l'on vous fait honte
choisir de donner de l'amour aux autres si vous êtes détesté
choisissez de partager votre nourriture avec d'autres personnes dans le besoin, même si vous n'avez rien reçu

choisissez d'écouter et de faire confiance à ce que les autres vous disent, même si vous n'obtenez pas d'oreilles pour partager et d'épaule pour pleurer

choisir d'être meilleur
choisir d'être meilleur que ce qui vous fait mal
choisir d'accueillir les gens pour ce qu'ils savent faire, et ne pas les rabaisser sur ce qui leur manque

choisissez d'aimer ceux avec qui vous vivez ; un jour, vous pourriez marcher sur le chemin de la vie sans eux

tu es l'élu

nous aimerions pouvoir planifier toutes les expériences que l'univers nous réserve, mais nous ne le pouvons pas, car vivre chaque expérience et se construire s'appelle le développement personnel au lieu de cela, nous devrions avoir peur de rester les mêmes toute notre vie, de craindre que de nouvelles expériences nous privent de notre vie, de craindre que nous ne soyons pas capables de gérer une expérience unique parce que nous nous sommes habitués à cet endroit et qu'arrêter de respirer hors de notre zone de confort nous effraie

concentrez-vous sur ce que vous ressentez à l'intérieur de vous ; qu'est-ce que cela vous dit ?
vous avez le pouvoir de contrôler votre état d'être
choisissez toujours d'être positif

la situation dans laquelle vous vous trouvez est une occasion pour vous de grandir et de vous améliorer toujours choisir d'être meilleur

vous ne pouvez pas contrôler ce que la vie vous réserve, mais vous pouvez toujours choisir d'être meilleur, meilleur que le présent

ne pas craindre l'échec

apprécier ce sentiment de s'améliorer de jour en jour

vous êtes ici dans un but précis

je ne suis pas meilleur en raison de ma religion, de ma race, de mon ethnie, de ma couleur ou de mon statut social

Je ne suis pas gentil avec toi parce que j'attends quelque chose en retour de ta part être gentil et aimable est ma nature ; si je reçois quelque chose en retour, c'est bien ; si je ne reçois rien, c'est bien aussi

Je ne vis pas ma vie pour imposer mes valeurs et mes croyances à quelqu'un Je peux vivre en paix parce que, malgré la dureté qui m'entoure, je peux rester fidèle à mes valeurs avec un sourire sincère

je ne suis pas sincère et honnête parce que Dieu enregistre mes actesje serais fidèle à toiet àmoi-même même quand personne ne regarde

Je ne questionne pas la vie parce que j'exige des réponses ; je cherche des raisons parce que je me sens à l'aise avec les réponses que j'obtiens, et je me sens également à l'aise en l'absence de réponse

Je ne peux pas décrire tous mes sentiments dans les langues que je connais Il y a quelque chose au-delà des relations et des personnes ; il y a quelque chose de beaucoup plus puissant

qui unit ce monde au-delà des mots, quelque chose que l'on peut ressentir simplement en y étant

ma philosophie

Je veux juste te rappeler que tu es une personne extraordinaire, et que tu fais un travail extraordinaire avec toi-même la vie te fournira des merveilles sans fin de ce qui aurait pu arriver et de ce qui n'arrivera pas ce que la plupart des gens ne réalisent pas, c'est à quel point le moment présent est précieux

J'espère que vous vous retrouverez, ont l'espoir que cela sera bientôt vrai
vous êtes un être spirituel en constante évolution, dont l'expérience humaine est parfaitement imparfaite
de la manière la plus naturelle qui soit une respiration à la fois
ce que vous êtes peut être cultivé ; continuez à le faire

Dites bonjour à l'espoir

à propos de l'auteur

sneha est écrivain la nuit et informaticienne le jour elle est née à bhatapara, au chhattisgarh ses écrits se concentrent généralement sur l'ironie de la vie et les phases des relations, en espérant qu'ils donneront des mots à ceux qui ont vécu et ressenti ce qu'elle a vécu

Pour elle, l'écriture est une passion et la médecine aussi elle veut rester une chercheuse de paix et de connaissance outre son intérêt pour l'écriture, elle est fière d'être la mère de plus d'une centaine de plantes et d'arbres et de plus d'une vingtaine d'amis à fourrure

elle aime se laisser absorber par la beauté de l'imagination son amour pour les croquis et la peinture ajoute du sens et de l'impact à ses poèmes elle croit que l'amour est l'émotion la plus puissante sur cette planèteterre, etquetoutet n'importequoiest réalisable avec le bon état d'esprit

elle suivait gratuitement des ateliers d'art pour ceux qui voulaient vraiment cultiver l'artiste en eux mais ne pouvaient pas se permettre de suivre un cours elle travaille dans une entreprise informatique à bengaluru et vit avec son mari et sa fille

IMAUTHORSNEHA

ne pas mentionner

www.ingramcontent.com/pod-product-compliance
Lightning Source LLC
LaVergne TN
LVHW041940070526
838199LV00051BA/2855